Lisi Schuur und Eike M. Falk
Herbstzeitlose

© 2017 Lisi Schuur und Eike M. Falk

Herstellung und Verlag:
BoD - Books on Demand, Norderstedt
ISBN 978-3-7431-7782-6

Zuvor …

Sie (1973)

*Die Schatten sind zum Leben erwacht.
Seit wann klafft der Riss in der Wand?*

Es ist Mord.

*Mord, das heißt, jemanden ums Leben zu bringen aus eigenem, freien Entschluss.
Ein Brandbeschleuniger.
Es war keine sehr alte, eine sehr schwache Wand, aus der leicht zu fallen, die leicht zu durchbrechen war.
Durch sie hindurch klang eine letzte Verlautbarung, stammelnde Worte, die keiner mehr verstehen konnte. Sie waren unaufnehmbar geworden.*

*Ich war es nicht. Es waren andere, die haben es mir ins Zimmer gelegt.
Staub, eine dicke Schicht, die hat sich in den Boden eingefressen.
Ich nehme ein Tuch, ich nehme Scheuermilch. Ich reibe mir einen kreisrunden Fleck.
Holz von dunkler Farbe tritt hervor.*

*Jede Maserung, jede noch so feine
Verästelung wird erkennbar gemacht.
Ich arbeite fieberhaft.
Doch mehr als diesen kreisrunden Fleck
bringe ich nicht zustande.
Ich starre, erstarre.
Ich bin das nicht.*

*Ich bin zu einer Chiffre geworden.
Ich könnte mir ein eigenes Alphabet
erschaffen.
Ich wollte so vieles. Ich könnte nicht mehr.*

Er (1970)

Es gibt einen Schmerz, und es gibt eine Schuld, und es gibt kein Erbarmen den Schuldigen.
Jahr um Jahr. Und Stein auf Stein.
Eine Grablegung in Schritten.
Wie in einem Paso Doble.
Der Stier zur Schlachtbank geführt.
Eine Schlächterei.
Feste Spannung in gerundeten Armen.
Die Capa ausgebreitet. Darin den Degen verborgen zum Todesstoß.
Dass Augen sich finden. Dann.
Im Blutrausch vereint.
Verschwemmen Tränen die Sicht.
Ein hohes Vibrato.
Wie wenn Glas zerbricht. Ein Spiegel.
Feinste Scherbensplitter, die sich in die Luft ausgießen. Hautbeißender Regen.

Das Leben

Er (1939)

Heimkehr

Freunde. Schenkt mir euren Blick.
So wichtig seid ihr mir. Zu kennen mich im dunklen NochDahinter.
Doch du.
Wie unersetzlich du mir bist. Geliebte Mutter.
Mich liest, wie keiner sonst vermag.
Wenn ich dich frag. Und deine Klugheit spür. Wie schön du bist. Vertraute mein.
Wie es wohl ginge ohne dich? So lieb und zart. Begleitest mich, der ich genauso bin.
Ich möcht zu allen sein ganz liebevoll, nicht grob.
Ich unterteil. Ich teil sie ein. Sind alle mir im Herz gelegen.
Mag meine JungenFreunde sehr.
Doch an den Lippen hängen mir die schwärmerischen jungen Mädchen.
Sie zu umgarnen voller Poesie.
Wie könnte ich sie nicht verehren.
Begehren auch. Doch sanft und zart.
Und eine zu brutale Gier. Verbiet ich mir.

Er (1941)

Erst jenseits der Kastanien stirbt die Welt …

Was für ein aussichtsreicher Gedanke das
hätte werden können.
Ich habe ihn nicht ausgesprochen,
aufgeschrieben.
Ich habe es nicht sehen können.
Ich sah nichts. Mich.
Mich allein habe ich gesehen.
Die Welt war fern.
Sie ging in Asche gehüllt.
Eine Aschewolke.
Darinnen die apokalyptischen Reiter.
Sie rückten näher und näher heran.
So dicht, dass mir das Atmen verging.
Wie von einem Feuerstoß berührt schwelte
das Zahnfleisch mir.

Bevor es beginnt …

Ich dachte an
Engelsüß und roten Fingerhut.
Ich wusste nicht mehr als über Kastanien
hinzutragen

ein Gefühl von taumeliger Enge
die mir das Herz zusammenpresste.

Erst jenseits der Kastanien ist die Welt ...

War die Welt.
Damals, da sie aufgebrochen waren.
Ein Heerbann schwarzer Husaren.
Und ich stand, und ich sah, einsam vor der
Zeit.

Sie (1944)

Nach grauen Tagen

Es will nicht weggehen. Es ist immer da.
Wen könnte ich fragen?
Niemand. Bomben. Und wieder Bomben.
Und das Ohrenzuhalten kann nicht helfen.
Ohnmacht. Du warst mir nicht gnädig.
Du hast dich vor mir aufgebaut. Und mich
nicht fallen lassen.
Nur spüren. Ein Leben lang werde ich dich
spüren.
Müssen.

Kein Verlass. Auf niemand. Nur auf mich.
Meine Sprache.
Alles was zählt.
Du bist mir geblieben.
Ohne dich wäre ich nichts. Meine Worte.
Die mich retten.
Die ich schreibe. Schreiben muss ich.
Schreiben.
Nur dadurch fühle ich mich.

Mein Tagebuch. Wie wichtig. Du für mich.
Gedichte werde ich schreiben.
Immerzu.

Freiheit. Das Wichtigste. Wo bist du.
Zeig dich mir wieder.
Ich will mich schütteln.
Ausschütten.
Schütteln. Bis die Bitternis abgefallen ist.
Die lichtlose Zeit.
Soll weichen.
Licht soll sein. Licht trinken will ich.
Bis es herausbricht aus mir. Überquillt.
Mich in sich baden lässt.
Dann stehe ich im Licht. Bin ich licht. Hell.
Wieder.
Endlich.
Frei.

Er (1944)

Das Innere dröhnt in meinen Ohren.
Mein Gehirn findet keinen klaren
Gedanken.
Es will mich zerreißen. Gibt es ein Recht zu
überleben?
Wenn neben mir alles sterben muss?
Warum konnte ich euch nicht schützen?
Geliebte Eltern.
Sie haben euch ermordet.
Was soll ich tun? Wie soll ich jemals
wieder freien Atem schöpfen.
Nie wieder kann ich zu mir stehen.
Ich durfte nicht versagen. Und doch.
Es war mir nicht vergönnt.
Ich, euer Sohn. War nicht bei euch, als ihr
mich am nötigsten brauchtet.
Geliebte Mutter.
Ich bin so verzweifelt. Ich suche mich in
deiner Sprache, Mutter.
Würdest du mir sie auch heute noch
nahebringen, die Reime deiner Sprache?
Darf ich sie noch verwenden? Die geliebte
Sprache, die mir die Tiefe so gestattet.
Ist zur Mördersprache geworden.

Ich habe alle Hoffnung verloren.
In das lange Sterben hab ich mich aufgemacht.
So werde auch ich vernichtet.
Ausgesperrt. Gedemütigt.
Mehr denn je. Leer.
Nichts darf sein, es voll auszukosten.
Wie ein Verrat wäre es mir.

Nähe der Gräber

Und duldest du, Mutter, wie einst, ach, daheim,
den leisen, den deutschen, den schmerzlichen Reim?

Sie (1947)

Hoch fliegende Pläne.
Die verfangen sich in grauem
Wolkengerippe.
Das drängt nach Umklammerung, bauscht
sich auf, türmt sich zu unübersteigbaren
Bergen, die brechen über mir zusammen,
eine donnernde Steinlawine, die begraben
das Tal, mich inmitten.

Doch kam ich davon
beschadet
der Fall drückte mich zusammen
stauchte meine gerundete Existenz
die kroch hervor
ein flaches Gebälk von Ecken und Kanten
die Fragen stellte

Auf einem vertrockneten Stück
Wiesengrün
Erwachen
ich stehe auf
und sehe
ich schaue ringsum
mit schmerzender Stirn

einen Stachel im Herzen

Holzscheite splittern
unter der Äxte Hieb
in meinen Augen reißen
Nägel dunkle Spalten

Es führt ein schmaler Pfad heraus
unter dunklen Tannendächern
zurück
nimmer

Er (1948)

Sie ist ein Märchen. Ich habe ihr das Märchen erzählt. Das Märchen vom Mädchen, das in rotem Mohn gebettet liegt. Eine sich öffnende Muschel, die dem Meer entstieg.
Ich habe ihr das Märchen erzählt, dann haben wir es uns erzählt, es ist ein anderes geworden.
"Es ist herrlich verliebt zu sein", hat sie gesagt.
Herrlich, hat sie gesagt.
Ich versuche sie zu verstehen. Und versuche zu verstehen was sich schmiegt, und einschmiegt, und umschlingt, und Wonnetröpfchen malt.
Aber ich wage es nicht auszusprechen, zu sagen, nicht einmal aufzuschreiben. Nicht einmal das.
Nur denken kann ich es. Nur für mich. Ich, der ich vom Brunnenrand her komme, mit all meinem Schmerz. Der Brunnen ist eingestürzt. Die Brunnensteine haben einen tiefen Fall getan. Der Brunnen ist verschüttet. Es gibt kein Zurück. Was

meine Heimat war, das weiß ich. Was
Heimat ist, wird nie mehr zu erfahren sein.
Zu erfragen, vielleicht. In einer Sprache,
die beengt, die grenzt, abgrenzt, von der
ich mich befreien möchte, und weiß es
doch, sie bleibt die meine, das Einzige, was
mir geblieben.
Durch sie bin ich hindurchgegangen.
Durch sie habe ich dieses Märchen
gefunden.
Ja. Sie. Dieses Mädchen.

Ich konnte ihr nur dieses eine Märchen
erzählen. Nur dieses eine mal. Es fiel mir
kein anderes ein.
Ich ähnelte einem Bahnwaggon, der einen
Achsbruch erleidet. Die tausendjährige
Last hatte zu lange und zu schwer auf
meinen Schultern gelegen. Ich zerbrach,
einen Ruf nach Freiheit auf den Lippen.
Frei zu sein nach mehr. Nach der Liebe.
Ich beschwor den Stein, dass er sich zu
erblühen bequeme. Er zerschmolz vor
meinen Augen. Übrig blieb eine Lache Öl,
stinkendes Bitumen von den Feldern
Ploiestis.

Ich kroch umher wie eine Made, die um Brotkrumen fleht.
Ich rauchte eine Zigarette an den Pforten des Paradieses. Ich zertrat sie vor den Augen angestrengter Cherubim.

Breite dein Haar in die Kissen, Sulamith
es werde Stille
ich treibe die Flüsse hinab
du treibst neben mir
wir sind wie Fische
die sich reibend aneinander stoßen
bis keine Schuppen mehr übrig bleiben

Decke dich zu, Sulamith
mein Mohn wird zu Staub zerfallen
seine Blätter sind dünn wie Insektenflügel
du schläfst in einem Bett
in dem ich schreiend aufwärts schieße
nach deiner Gurgel greife
bedecke dein Geschlecht, Sulamith

Sie (1948)

Die Prinzessin von Kagran

Damals habe ich ein Märchen gewusst.
Damals habe ich mir ein Märchen zu
erzählen gewusst.
Ich erzählte es mir in der kehligen Sprache,
die mir zugeboren war.
Es ist ein dunkles Märchen, in dem viele
Geheimnisse eingeschlossen sind.
Ich habe es nicht verstanden, sie aus ihrer
Gefangenschaft zu befreien.
Damals so wenig wie heute.
Ich erzähle mir das Märchen noch immer.

Es drang eine Stimme aus der Nacht.
Ein Verkündigungsengel.
Es ereignete sich ein Sternschnuppenfall.
Ein Spiel mit Symbolen.
Der Fremde tauchte auf.
Der Fremde im langen schwarzen Mantel.
Ohne Gesicht und ohne Namen.

Das weite wüste Land.
Die blauen und die roten Reiter.
Eine Geschichte, die hundert Gedichte
verborgen hält.
Eine Geschichte, aus der drei Dutzend
Gedichte entsprungen sind.
Ein Leben. Ein Märchenbuch. Verführerisch
in seiner Rätselhaftigkeit.
Verführerisch, sie zu gestalten,
auszumalen. Ich versuche mich daran.

Wind in den Häuptern der Weiden
rot leuchtet der Mohn durch die Nacht
Hände, die sich finden
schweigsames Wasser, das fließt
ich fühle mich wie ein kleiner Fisch
ans Ufer gespült wachsen ihm Beine

Der Fremde erscheint
schwarz
schwarz ist sein Mantel
rot brennt der Mohn
seine Augen sind weich
Kastanienaugen
richten mir einen Ankerplatz aus

Doch nur für eine Nacht. Eine Nacht, die eine ganze Welt bedeutet.
Wird es wieder so sein?
Ja.
Wann wird es geschehen?
Äonen quellen darüber hin.
Staub wird zergehen.
Sonnen sterben ab.
Feuersalamander werden schreiten über der Erde Krumen.
Dann.

Er (im Juni 1949)

Deckst du den Tisch unsrer Liebe

Zwei Sträuße Mohn. Erinnerung und
Gedächtnis.
Das Liebkübchen steht im Sommerklee.
Der Wind bauscht sich in seinem Gefieder.
Das Liebkübchen ist ein Vogel, und ein
Marienkäferchen auch. Das seine
Antennen nach allen Seiten wendet.
Feinfühlend weiß es die Botschaften der
Liebe aufzudeuten.
Ich streue etwas Süßweizenmehl über die
Tinte.
Das lässt sie funkeln.
Wie deine Augen leuchten.
Steigt eine Musik aus den Weiten der
Felder.
Lichtglanz und Stundenschlag,
ungeduldig.
Oh, wenn ich dich lächeln sähe ...

Sie (26. Juni 1949)

Ich hab dich heute lieb und so
gegenwärtig

Ein Briefkopf, und ein Datum, und was es
bedeutet für mich, ich kann es kaum
sagen.
Und habe es doch ausgesprochen. Als
Überschrift steht es da. Und was sollte ich
noch hinzuzufügen haben.
Ich habe beide Sträuße auf den
Geburtstagstisch gestellt.
Ein marmorner Tisch, in einem Schloss, ich
habe es dir geschenkt, damit ich weiß, wo
ich dich finden kann.
Der Blick aus dem Fenster öffnet unsere
Blicke dem Meer.
Im Meer sind alle Geheimnisse geborgen.
Sie schwimmen umher wie ein Schwarm
lachender Delfine.
Im Meer ist auch die Liebe geborgen, ein
kostbarer Schatz, um den nur wir beide
wissen.

Wenn uns die Sehnsucht überkommt,
tauchen wir danach, und sei es zu
unterschiedlichen Zeiten.
So sitze ich hier, während die Krähen
einkreisen zu den Bäumen ihrer Nacht.
Mein Baum bist du, in deinem Schatten
weile ich, spüre deine Hände, deinen
Atem, streichst du das Haar mir, bin ich
verwunschen, ich brauche nicht mehr,
nun ...

Sie und Er (1949)

Seitdem es keine Beatrixgasse mehr gibt ...

Wusstest du, dass der Beethoven im Eckhaus die Neunte komponierte? Ich hab es gestern erst beiläufig erfahren.
Und du .. und ich ... möchte dir so gerne die Steine von der Brust rücken ...

Wenn du's doch tätest ... ich weiß nicht einmal, wie weit unser eigener Mai und Juni zurückliegen hinter diesem Jahr ...

Doch. Ich will es dir sagen. Ich seh uns auf der Brücke stehen. Wünschen, dass wir kleine Fischerl wären. Und springen ...

Sag mir wohin ... Es ist November geworden. Auf den Boulevards staut sich der Wind. Regenfische sind keine vom Himmel gestiegen. Im Einmachglas sind sie ertrunken.

Er (1950)

Wenn du meine Gedichte verstehst, wirst du mich verstehen. Versuche es bitte. Mir zuliebe.

Ich schreibe dir eines auf:

"Der Tauben weißeste flog auf: ich darf dich lieben!
Im leisen Fenster schwankt die leise Tür.
Der stille Baum trat in die stille Stube.
Du bist so nah, als weiltest du nicht hier.

Aus meiner Hand nimmst du die große Blume:
sie ist nicht weiß, nicht rot, nicht blau -
doch nimmst du sie.
Wo sie nie war, da wird sie immer bleiben.
Wir waren nie, so bleiben wir bei ihr."

Sie (1951)

Ich will versuchen, dir meine Gefühle zu vermitteln. Unfertige Zeilen hab ich dir geschrieben.
Mit der Hand. Nicht wie sonst mit der Maschine.
Alles fließt so langsam aus meiner Feder....
Weißt du eigentlich wie sehr... und doch....
ob ich so weitermachen darf...
und wenn ich es mir verbieten würde.... es wird das Beste sein....

Im Strom verschwinden Hoffnungssterne
ertränken sich in Algengrün
Gedanken liegen schwer
wie würden sie so gerne ziehn
und liegen da wie Blei

das Herz
und wie es sich beschwert
ganz leise
kummervoll
war lange so erwartungsstill
wirft alle Bilder
in den Strom

weiß nichts mehr
damit anzufangen
nicht vorwurfsvoll
unendlich traurig
weil vieles sich
nicht auszusprechen wagt

Du bringst es nicht fertig. Du kannst es
nicht sagen. Ich weiß es.
Du traust mir nicht mehr. Ich fühle es.
Hast du es jemals getan?
Du sprichst dunkel von mir.
Du schweigst, wenn ich dich hören
möchte.
Ich habe mein Herz angewiesen, dich ohne
Worte darin wohnen zu lassen. Immer
weiter. Wie du schon lange darin wohnst.
Ich verlange nichts Unmögliches, außer ab
und zu ein Lebenszeichen von dir. Dass es
dir gut geht. Ich hoffe es von dir zu hören.
Eins jedoch sollst du wissen.
Ich liebe dich. Und werde dich nicht
fragen, ob ich es darf.
Was auch sein wird.
Ein Teil von dir ist hier. Ein Teil von mir ist
bei dir.

Sie (1952)

Ungeschriebene Briefe

Denn was sind Briefe, die niemals abgesandt wurden, zerdrückt, zerknüllt, Beilage über Beilage, Tränenbestückt, die zerlaufene Tinte reibe ich mir unter die Augen.
Ein Nein für immer runter lässt rauf Nein unbestimmt.
Wie so vieles ein Krückebein. Ich hinke meiner Zeit hinterher, wie abgebrochen. Entweder ich zerbreche daran, oder ich muss eine andere werden. Ein eiserner Schmetterling, unzerstörbar, kalt.
Die Zeit des Flehens und des Bettelns soll ein Ende haben.
Ob ich eisern werde sein können, ich bezweifle es. Kalt werde ich niemals sein. Auch wenn mein Herz wie abgestorben ist. Als säße mir ein kahler Dornbusch in der Brust. Der bohrt sich in meine Venen, durchdringt alle Adern.
Es lässt mich nicht kalt. Mein Blut gerinnt nicht, mein Blut pulst warm.

Wir Zwei, die wir wie Fremde in einem Bett
zusammen liegen. Wir Zwei, die sich aus
Zufall in einem Hotelzimmer begegneten.
Das Unausweichliche geschieht. Doch am
Morgen danach sind wir Fremde
geblieben.
Es darf so nicht weitergehen.
Es muss ein Ende sich finden.
Wie sehr es dunkelt weiß nur ich.
Warum hast du mir nie geschrieben?

Sie (1952)

Was du so denkst
geht mir nicht aus dem Kopf
diese Spuren
je nach Sonneneinfall
immer blendend

im Westen
noch nichts

Nebel aus Osten
zerstreute Gelassenheit
in Abwehrbereitschaft

Unbekanntes
wischt mir
über die Stirn
beäugt mich
mit schrägen Augen
zieht einen Scheitel
und
verzieht
keine Miene

Geahntes
nicht
umsetzbar
ohne
Erweiterung
dauerhafte
Leihgabe

nie ein Vergessen
das weiß ich
das Leiden bleibt
wenn du es willst

Weißt du, mein Lieber, vielleicht verstehe
ich nicht genug, dich zu denken.
Genug in deine Tiefe zu gehen.
Doch wie sollte es gehen?
So fern bist du mir. Und wie oft ich dich
bat mir zu schreiben.
Ich könnte dir wenigstens zuhören.
Meine Seele ist weit offen für dich.
Aber so.
Ich fühle mich, als müsse der Trank immer
bitter sein, den ich trinke.

Ob wir dem Schicksal irgend etwas
abnehmen können?
Ich glaube nicht.
Wir nehmen immer den vorbestimmten
Weg.

Er (1952)

Verraten

Im deutschen Urwald allein gelassen.
Unter den Kameraden, die sich
kameradschaftlich in die Rippen stoßen.
Ein Rippengericht. Rippchen vom Spieß.
Der trat mit dem Knobelbecher zu, und
jener. Du schwiegst. Du. Hast mich nach
Deutschland gelockt, die Hand der Mörder
zu drücken.

Mutter, sie spotten mein
sie spotten meiner Gedichte
die ich schrieb um deinetwillen
deines Gedenkens Todesstoß

als ob der eine Tod ihnen nicht genügte

Muttersprache
Muttermörder

sie schreiben keine Gedichte
nie mehr
sagen sie

sie höhnen in tönerner Prosa

Du. Du hast mich verraten. Du saßest schweigend.
Wie sehr du schwiegst.
Wirst auch du nun aufhören Gedichte zu schreiben?
Flieh!
Flieh vor dir, und flieh vor ihnen!
Ich martere mir den Kopf blutig. Wie nur, wie, konntest du … nur …
und zu allem Übel. Nein. Ich habe dich von mir gewiesen.
So rot blüht der Mohn rot in den Feldern des Nordens am Meer.
Schwarz und äschern der Rauch der Lokomotive.
Während ich die Flucht antrete.
Einwärts. Da alles verloren.
Ich trink mit den Schlangen dein Blut.
Ich trinke und trinke und atme den Dampf der Maschine.
Da hämmert das Laufwerk der Räder fort nur immer fort und fort.

Sie (1952)

Ich kann nicht mehr atmen. Es ist so. Ich
fürchte mich. Vor mir. Vor dir.
Dass ich dich nicht fortnehmen kann aus
mir.
Dein Blick. Wie er auf mir ruht.
Auch wenn ich die Augen schließe. Ich
spüre ihn.
Wie du nach Luft ringst.
Ich würde dich gerne befreien von mir.
Es geht nicht. Ich sage es mir immer und
immer. Was soll ich tun. Ohne Verstand.
Das wäre am besten.

Mich besser zerreißen
dass du endlich
mich nicht mehr halten
mich nicht mehr ansehen
kein muss mehr du
nicht weiter quälen
die Schatten verfehlen uns dann
ich liebe dich so sehr
und könnte dich nur lösen
wenn ich selbst verblute

alles ist so verwoben mit dir
und will sich nicht trennen

Sag mir bitte. Wie du es siehst. Ganz offen.
Ich verspreche dir. Es zu verkraften.
Wenn ich es halten kann. Ich will es
versuchen.

Er (1952)

Verbittert

Unserer Augen Blicke geschaffen getröstet
zu sein
weh'n uns ein Ach! auf die Lippen
das macht sie gefügig

wie Septemberlicht
ein Wehmutsdorn

Bitterer
schmeckts mir im Mai

Dass es immer Mai sein musste
wenn die Natter sticht

Sie (1952)

Schloss Berlepsch

Mittelalter, Fachwerk, runde Türme, Tordurchfahrt.
Ich fühle mich spielerischen Charakters bei Annäherung.
Unter der Tordurchfahrt kommt mir eine Idee. Ich werde in eine neue Rolle schlüpfen. Die Nastasja Filipowna erscheint mir angemessen. Ein bisschen verrückt, ein bisschen überdreht.
Es wird denen, die dort auf mich warten, eine hübsche Nachtragung liefern.
Sie haben sich ein festes Bild von mir geprägt. Männerprojektionen. Männerfantasien.
Die mit der brüchigen Stimme bin ich. Die vor lauter Aufregung die Manuskripte fallen lässt.
Ich weiß es wohl, was sie denken. Ich weiß, was ich davon zu halten habe.
Sie werden ein neues Gesicht entdecken. Worüber sie sich den Mund zerreden dürfen.

Drinnen Rittersaalatmosphäre, Filmkulisse.
Er.
Als Henze, Hans Werner Henze, stellt er sich vor. Hätte ich von ihm hören sollen? Ich? Eine Heimatdichterin. Eine Beobachterin. Der die Asphaltliteratur ein Schrecken ist.
Anziehend? Aber doch. Ein Beginn.
Zögerliches Lachen.
Er? Ein Musiker. Ein Komponist. Einer von den Neuen. Er hat mit seiner ersten Oper für Furore gesorgt. Boulevard Solitude. Ich hätte davon hören müssen.
Eine Oper. Das sorgt für Gesprächsstoff. Die besonderen Anforderungen des Libretti-Schreibens.
Das interessiert mich. Ich frage nach, hake nach. Wir werden lebhaft. Vertiefen uns ineinander.
Wir reden. Er redet. Den ganzen Abend redet er. Es steckt eine solche Intensität in ihm. Spontaneität, Enthusiasmus. Ein Goldschürfer ist er, ein Schmetterling, der das schillernde Kleid anlegt, ein Versucher, oh ja!

Spät am Abend erzählt er mir, dass er schwul sei. Die Generalprobe. Ich habe bestanden.

Am nächsten Tag lese ich.
Das Erstaunen in seinem Gesicht zu entdecken ...
Dann springt ein Lächeln auf.
Wir wissen uns nun. Nun. Und ein und für allemal.
Ich lese. Meine Stimme glockenrein.

Wir reden. Wir reden den ganzen Abend.
Er sprüht Funken, er schleudert Flammen.
Er möchte den Mief hinter sich lassen, die erbärmliche Adenauerei. Von Rom spricht er, von Neapel.

Drei Wochen später halte ich einen Brief von ihm in Händen. Nach Italien soll ich kommen. Mit ihm.
Es ist Ende Oktober. Mir ist klamm und kalt, so kalt ...
Italien ...

Er (1952)

Schweigen

das ist kernbitter
traubensüß
schmerzvergoren

Was hätte ich zu erwidern auf all ihre
Briefe.
Wiedergutmachung.
Was für ein Wort. Und in welchen Kontext
gestellt.
Verletzt soll ich sie haben mehr als sie
mich je hätte verletzen können.

Verstehen hätte sie mich können sollen
dürfen müssen ach was für ein Wort schon
wieder nein müssen hätte sie nicht es ist
alles meine Schuld gewesen wieder einmal
und erneut und was soll ich sagen was was

Ich überschlage mich in Worten
Ich verschlucke Worte

Ich trage schwer an den Worten

Es liegt ein Stein im Wasser. Darüber schwebt ein Kreis, der legt sich um den Stein.
Dieser Kreis ist ein stählerner Fassreifen. Es sind Worte in den Reif eingraviert, stählerne Worte.
Sie legen sich um deinen Hals.
So erfüllt sich die Prophezeiung.
Nein! Verzeih!

Suchen
Suchend weiterfinden
Ankommen in der Fremde
Ich
Ich selbst habe mir den Reif um den Hals gelegt
Zugeschnürt
Zugezogen
Die Luft abgetrennt
Die Luft die ich zum Atmen brauche

Er (1953)

Mohn und Gedächtnis

Es ist für dich, für dich, für dich ...
Ich wünschte es dir zu sagen, zu schreiben
zwanzigmal und noch mehr
doch nicht jetzt.
Jetzt nicht.
Du weißt es ja.
Es war meine Schuld, meine
Ungerechtigkeit.
Und ich finde die Worte nicht.
Und sehe dich traurig, verstört. Ich sehe
dich.
Ich habe dir Unrecht getan, und denen in
Niendorf, ich weiß es ja.
Doch nun ...
sind Worte gesprochen
die Zeit kriecht darüber hin
zermahlt sie wie ein Regenwurm Erde
aufwirft
die ist ohne Kern ohne Botschaft
die ist mir entglitten
nun bleibt mir nichts
als ein Krüglein Bläue zu wünschen dir

die rudern wir nachtwärts
mehr fällt mir nicht bei
mehr steht mir nicht zu
nicht mehr

Sie (1953)

Ich arbeite, ich arbeite wie besessen, nun,
da ich es weiß.
Sein Schweigen ist genug, möchte ich
meinen. Und die Andere. Sie ist da.
Er hat nicht gesprochen, als es ans
Sprechen ging, mir hat es die Stimme
verschlagen.
Auf den Feldern sind Furchen gezogen,
denen folge ich nicht, ich schere aus.
Bin ich denn nicht mein eigener Mensch,
und die Herrin meiner Gebärden?
Meine Gebärden, aufklingend im
Glockengeäst. Darin sich Zeit verdichtet.
Zeit, die verläuft. Zeit, die umkehrbar ist,
gekommen Dunkles zu sagen.
Von mir und von dir, der du an mir
vorübergezogen bist. Und - vorbei.
Und - ja - mein Ehrgeiz ist angestachelt,
dass ich's nur sage. Jetzt erst recht.
Ich werde arbeiten, ich werde schaffen und
schreiben.
Ich werde etwas zu erwidern haben, eine
Stimme, die spricht.

Wie kommt es eigentlich, dass ich in der Klage erst zu wahrer Stärke finde?
Ich habe, weil ich heute so schön für dich bin, begonnen.

Sie (1953)

Einmal muss das Fest ja kommen

Italien. Dort. Und dorthin will ich gehen.
Unter eine explodierende Sonne. Wo der
Scirocco weht. So hat er es mir
versprochen.
Die Hälfte der Sprache ist noch nicht
erfunden.
Italien wird das Land für Erfindungen sein.
Wenn die Vögel gen Süden fliegen, werde
ich mit ihnen ziehen.
Vielleicht eher schon.
Oh, doch – ja! Eher! Eher, bitte!

Im Hafen

Es ist einfach mit den Möwen zu reden.
Möwen sind neugierige Wesen. Sie
trippeln herbei, sie heben den Kopf, sie
lauschen. Ich rede. Sie schauen mir in die
Augen. In ihren Augen liegt Skepsis und
ein großer Ernst. Sie schütteln nicht mit

dem Kopf, es gibt keine großen Gebärden.
Sie drehen sich weg, und schreiten davon.
Es lag wohl ein Ungenügen in meinen
Worten.
Ich werde noch viel zu üben, ich werde
aber auch noch viel zu erklären haben.

Bei der Überfahrt

Ob er das ernst gemeint hat mit dem
Fürsten Myschkin? Gefallen täte mir das
schon. Und besser als das Fasslrutschen.
Da muss ich doch direkt lachen. Und mein
Lachen glänzt hell im Wind.
Und die Sonne schickt Explosionsspuren.
Ich gefalle mir mit der Sonnenbrille. Sehr.
Nur, weil ich hin und wieder mal in den
Spiegel schau. Das geschieht aber nur aus
Zufall, Übermut.
Nun sind sie hinfällig geworden, die
unbeantworteten Briefe. Unter den
Orangenbäumen wird sich gut erzählen
lassen.
Und schließlich werden auch die Möwen
zufrieden sein.

Die fliegen und schreien. Und ich breite meine Arme aus.

Ischia

Der Name. Der Name allein! Ihn laut auszusprechen! Das klingt wie ein Ort, den Vergil zum Sterben gesucht haben könnte. Aber es war doch gar nicht hier. Es hätte aber sein können. Von Innen und Außen. Soviel weiß ich bereits zu spüren. Dafür brauchte ich nur einen Fuß auf den Boden zu setzen.
Schon nehmen mich die engen Gassen auf, mit ihren alten Häusern. Geheimnisse drängen sich von allen Seiten, flüstern mir zu …

Und in des Meeres Mitte erhob sich das Land …

Ich bin gekommen den Sphärenliedern zu lauschen.
Und meine eigenen zu singen.

Er (1955)

Angegriffen

Von allen Seiten.
Hass und Niedertracht.
Die werden strebsamer mit jeder Klippe,
die sie nehmen. Als ob ich eine Steilküste
wäre, die unbedingt zu erstürmen wäre.
Sie haben sich keinen Deut was geändert.
Es kreist in meinem Kopf. Schön, meine
ich, schön wiederzufinden. Also gut, also
drauf, und dann gegen die Wand
gefahren, und wieder auf den Kopf, auf
den Kopf gesprungen, auf dem Kopf
gelandet, den Kopf zerquetscht, und
wieder aufgestanden. Um eine Erfahrung
reicher. Worauf ich gerne verzichtet hätte.
Und die Sprache, die Sprache schmelze ich
ein, alles Überflüssige wird ausgeschieden,
Schrott und Schlamm und Sand, Keimzelle
des Überflusses. Eine Division mit Rest.
Ich denke nach über das Ich, und welche
Bedeutung es hat. Noch mehr vielleicht
über das Du, auch das Sie, jene, diese Eine.
Du. Es bleibt beim Du.

Die du die schöne Sprache zelebrierst, den
Daktylenfluss. Pathos. Pathologisch.
Ich
Nicht
Mehr
Ich suche den Schlamm loszuwerden.
Ich nehme eine Axt spielend auf. Die fiel
mir zu aus dem Meer, aus dem Dunkel.
Und nun schlage ich drein. Zerspalte
Bäume wie Köpfe. Auch den meinen.
Und höre nicht auf zu hoffen.
Lass es anders gewesen sein.
Schreibe ein 'Vielleicht' auf die getönte
Fensterscheibe.
Und wenn sie kommen und dir noch einen
Preis verleihen, zünde ich eine Kerze an.
Und in Andacht versinke ich. Flügellahm.
Und fresse Kalk und Kreide.
Was wirst du sagen? Wirst du sprechen?
Laut und vernehmlich. Ich weiß es. Doch
wird es auch der Spruch sein, der dir
aufgetragen wurde, vom Gewölle befreit?
Doch weiß ich nichts, denn in mir
verglimmen die Worte. Wie Schatten
treten sie aus der Tür, und selbst das

'Vielleicht' ist verschwunden vom Fenster,
geblieben eine verwischte Spur.

Sie (1955)

Bericht von einer Insel

Ich sehe, ich sehe ...
Ich sehe die enge Gasse.
Ich sehe die Wäsche trocknen, über die
Gasse gehängt, entlang der Häuserzeilen.
Ich sehe zwei Frauen sich unterhalten. Die
eine jung, die andere älter.
Die Junge in Hosen, die haben einen
Schlitz, der ihre Waden zeigt.
Die Ältere hat die Hände in die Hüften
gestemmt, sie trägt einen modisch
gestreiften Rock und eine fast
durchsichtige Bluse, die einen großen
Busen hält.
Beide lachen. Beide sind unbeschwert.
An den Wäscheleinen hängen lange weiße
Unterhosen.
Die Männer werden bei der Arbeit sein.
Beim Fischfang, draußen.
Vielleicht aber sind sie bereits
zurückgekehrt und sitzen in einer
Weinstube drunten am Hafen.

Es verläuft ein Feuerstrom unter dem Meer.
Die Boote sind schnittig und klein.
Sie sind geschaffen, auf Flammen zu schweben.
Die Flammen machen ein Leuchten, das sieht man von ganz weit her.
Es sind viele tausend kleine Madonnenstatuen.
Die tauchen auf aus dem Meer.
Und verhärten.

Und der sie mit seinen Netzen fängt.
Es ist immer der Eine.

Sie (1956)

Ich sag dir
was
du nicht hörst
nicht hören willst
was
ich nicht sagen will
sag ich dir
wenn ich abreise
wenn das Spiel
nicht
aus ist

mir zu leicht
so locker
das Band
hält sich für verknüpft
und doch
hängt es nur lose
an den Zäunen
mit den Rosen

aufgehalten
in uns
nicht gehalten

dein Lebensmensch
ich nicht
der anders sieht
doch schütz'
mich bitte
weiter noch
doch besser
nicht

könnt' sein
dass ich
den Kranz
mir aufbewahr'
aber ab übermorgen erst
wenn mir der Wind
den Duft von dir
in eine Eiszeit weht

dann tausch ich
deinen Atem aus
ich hol ihn raus aus mir
und schenk ihn
den verlass'nen Geistern
erinnerst du dich noch
als du sie mir
geschenkt ?

Sie (1957)

In den Kathedralen ist Ruhe.
Vor den Seitenaltären beten strebsame Münder.
Es sind die Mütter, die Frauen, die trauernden Witwen der schwarzen Gewänder.
Ich lächele nicht über sie, ich lächele wegen des Liebespaares, das heimlich sich küsst in einer Nische.

Verbirgt sich die Liebe
nicht

Alle können es sehen. Manche sehen es nicht, manche wollen es nicht sehen.
Ich erspüre einen Blick unter schwarzem Schleier.
Ich erwidere den Blick. Ein Verstehensblick.
Wir wünschen dem jungen Paar ein Leben.
Eine Welt. Ein Glück.
Ich zünde eine Kerze an.
Ich habe etwas zu erwähnen vergessen.

Es wird Nacht und römische Sterne

Was unterscheidet sie denn von den
unseren?
Denn ich bin, und werde bleiben, immer
eine Fremde hier.

Via Vecchiarelli 38

Die Engel von Sant Angelo.
Wie schrecklich sie sind.
Sie erschrecken die Sterne.
So erschrecken sie mich.

Viele leere Trümmer

Ein Streichholz und eine Zigarette.
Ein Blick ins Leere, ein weißes Gerippe.
Sag Mond, wie konntest du nur …

In meinem Zimmer wartet Arbeit auf mich.

Er (1957)

Ein müdes Ausschreiten in der Ebene.
Da ist kein Fluss, kein Berg, kein Meer, kein Arkadien.
Da bin nur ich und die krähenbestückten Stoppelfelder.
Ich bin allein, also brauche ich mir nichts vorzumachen.
Ich liebe, doch ich liebte mehr.
Ich könnte immer noch mehr lieben, bilde ich mir ein.
Es wird eine Einbildung sein.
Ich habe mich in der Vergangenheit eingeigelt wie in einer Bachkantate.
Meine Verse sind schwach geworden, fast kränkelnd, betäubt.
Kraftlos durchschreite ich die Ebenen meiner Tage.
Wenn das vierzigste Jahr dämmert hinter der nächsten Biegung.
Es ist Anfang Oktober, bald reise ich in das Land meiner Mörder hinüber.
Das Land meiner Sprache, wo die Zunge zu lallen beginnt, habe ich seine Grenze überschritten.

Den Nachmittag war ich eingeschlafen über einem großen Wort.
Ich ahnte, dass es ein großes Wort hätte sein können.
Doch schlief ich ein und träumte mich von Reitern und Hunden gehetzt.
Es galt das nackte Dasein, darüber habe ich das Wort vergessen.
Es nutzte mir auch nichts, das weiß ich nun.
Da ich wandere über die Ebenen, den Abendschleiern entgegen.
Ein letztes Aufbäumen vor den Türen der Nacht, eine letzte Erweckung.
Vielleicht finde ich das Wort ja doch noch wieder.
Vielleicht wird es gesprochen.
Vielleicht ist es der Fliegenfänger, der spricht.
Vielleicht erhebt sich noch ein großer Wind.
Der mich fortträgt, dorthin wo die Liebe ist.
Vor der sinke ich nieder.

Sie (1957)

Was soll ich mit ihm.
Ich habe Italien gesehen. Er wollte nicht
kommen.
Er lebt sich auf in torkelnden Liedern,
Gesängen, Versen, Strophen.
Es nimmt kein Ende.
Es wird kein Ende nehmen mit uns. Noch
nicht. Und doch ist alles verloren.
Ich taumele in meinen Gefühlen, und weiß
nicht, ob es Glück sein sollte oder Scham.
Es ist wohl beides darin enthalten.

Wann kommst du?
Und wann fährst du wieder?
So hat er gefragt.

Ich werde da sein.
Die Abreise steht noch aus.

Du kannst of wiederkommen.

Zu oft.

Es kann ein zu oft geben.
Wenn es in einen Rausch verfällt.
Wenn ER in einen Rausch verfällt.

Ich weiß nicht, was ich sagen soll, zwischen
Lastkähnen und engen Gassen, die doch
immer nur auf dieses Monstrum hinführen
- den Dom.
Nun bin ich es, die in Schweigen versinkt.
Doch bezweifle ich, dass ich es
durchhalten werde.
Eher zerspringe ich.

Sie und Er
(Köln, 14. Oktober 1957)

Was geschehen ist
das ist geschehen

Es gibt ein Danach

Sie:
Spreu auffinden
Spuren verwischen
wenn das Licht entzwei
wen das Licht entzweit
darum Nachtdunkel suchen
Finstergewächse

Deine Frau ...
Euer Kind ...
Die Geträumten ...

Er:
Untreue
ein Unruhegewicht
aufgelöst in Verdrängung

es funktioniert einwandfrei
linear
in Gedichten

Köln, Am Hof
Topos und Topografie
ein Suchort
Herzzeit
ich bitte dich, lies ...
finde das Weiße
das sich regt
lies
ich bitte dich, lies ...

von Heinzelmännchen ist nicht die Rede
weder von ihrem Brunnen
ihr Wasser unbelauscht ...

dafür gibt es Dome
dieser eine
steht für Viele
ein Alles
Mächtiger
Zerstörter
ging seiner Wege

Schicksalsfolge
Schicksalsgefügt

Herzzeit

es gebrauchte nur eines Wortes

und fließt doch
und fließt

Hilferufe

ich kann verstehen
dass du nicht schreiben kannst

ich kann es nicht
versteh doch
ich kann es nicht

wohin fließt das Wasser
wohin

Und doch
sie spricht
sie spricht deutlich
weil sie ist, wie sie ist

du darfst sie und euer Kind nicht verlassen

weiter weiß ich nichts

und doch
sie spricht
es fließt
es fließen
sprechende Worte
ins Geträumte
in dein Gesicht
deine Umarmung
verzweifelt im Leben

Schreib mir

weil du die Rechtfertigung meines
Sprechens bist

ein Wort von dir ...
deine Stimme im Ohr ...

Verzeih!
Verzeih!

Er (1957)

Ich
bin ein Gesicht
in meinen Augen
lauert das Entsetzen
wo die Verzückung
gewichen ist
Blindgeschöpftes

Ich
klage mich an

Ich
habe alles gestanden
Ich
lag stammelnd am Boden

Ich
im 16ème Arrondissement
Ich
schließe die Augen
Ich
presse die verglimmende
Zigarette mir
gegen die Stirn

Sie (1957)

Ein Sehen, das manchmal schwarz ist.
Das mir Schwarz vor Augen werden lässt.
Und es liegt nicht an den Zigaretten.
Rauch nicht so viel, hat er mir geschrieben.
Es liegt viel Hilflosigkeit darin. In mir tiefe
Trauer. Und denken und rauchen.
Wenn ich rauche, denke ich. Dann schreibe
ich. Dann rauche ich wieder.
So vergehen Tage. So könnten Jahre
vergehen.

Denn ich darf nicht abgehen von meinen
Worten.

Er (1958)

Wie eingewühlt
in den Schlick
fühle ich
mein Leben
in verklebter Masse
was bin ich
anderes
als ein Wurm
eine Krabbe
im Seitwärtsgang
versucht
auszureifen
Zeugnis
abzulegen
für
das
Danach
meine Haut
brennt
ich kann
sie nicht
befreien

von dem
schwarzen
Schleim
wie ein Vermächtnis
einer Schuld

Sie (1958)

Was
wenn ich
mich fürchte
vor dem Lärm
des Rosengewitters
deinetwegen
mich zu befragen
tret ich
hinter mich
zurück
da war ein Glück
von kurzer Dauer
weiter vorn
ein mächtiges Geschick
dem auszuweichen
wird mir nicht gelingen
ich lauf uns
immer hinterher
uns zu finden
dich und mich
du weißt es
kennst

"dieses Blatt
das uns traf
treibt auf den Wellen
bis zur Mündung
uns nach"

Sie (1958)

So sind wir, Unausgewogene, in der Liebe
vereint, unausgewogen.
Das ist nicht immer so gewesen.
Nein.
Es hat einen Grund gegeben.
Es hat einen Weg gegeben.
Der ist gegangen worden.
Der stieg aus dem Schlamm, aus dem
Getriebe der Zeit.
Daraus Öl sich ergoss auf die
Vorüberziehenden.
Die zu Gezeichneten wurden.
Es hat uns also getroffen.
Zufälligerweise.

FRÜHMORGENS AUF DER BROOKLYNE
BRIDGE
ohne sorge sei ohne sorge
WENN DIE ROTE SONNE AUS DEM MEER
AUFSTEIGT
die hinter Capri versunken war

Der gute Gott.
Der gute Gott der Eichhörnchen.

Der gute Gott der Nilpferde.
Und der Bisamratten.

Zur Hölle mit ihm!

Es dürfte sich um eine Art von
Wachsfigurenkabinett handeln.
Nur in echt.
Es sind alle aus Fleisch und Blut.
Geschöpfe voller Fleisch und Blut.
Hier! Schmecken sie einmal.
Hmmm! Das tut gut.
Nicht wahr? Sie sind alle erledigt.
Vollkommen.
Ganz und gar.

Und was ist mit der Liebe?
Die ist vom 7ten Stock ins 30ste Stockwerk
umgezogen.
Sie hat also einen Aufschwung
genommen?
Von dort stürzt es sich geschwinder.
Gesteigerter.
Fallend.

Es gibt veilchenblaue Augen.

Kann sein.
Einen Petticoat.
Nicht auszuschließen.
Rosa und Weiß.
Davon gibt es viele.

Dass jemand die Welt verdunkelt
mit seinen vor Trauer unsterblichen
Augen.
Mit ihren. Mit ihren.
Dass die Welt der Trauer vergehe.
Dass der Welt die Trauer vergehe.
Darum lohnen sich Augen.
Sofern die Eichhörnchen sie nicht an sich
genommen haben.
Es muss jemand für Ordnung sorgen.
Es hat jemand einen Ausgleich
herbeizuführen.
Einen Vergleich anzustreben vor Gericht.

Es liegt ein scharlachroter Schal im Central
Park.
Und ein leerer Koffer steht an der Ecke
49ste Straße.

Indizien. Weiter nichts.

Sie führen kein Opfer herbei.
Keinen Täter vor die Schranken.
Eine längst überkommene Sichtweise.
Auslegungssache.

Nein. In der Liebe ...
Wenn es denn Liebe wäre.
Es hätte aber sein können ...
Die Umstände.
Werden herbeigeführt.
Ergeben sich.
Das ist Auslegungssache.
Sie wiederholen sich.
Gewiss. Es wiederholt sich.
Wie immer.
Einmal mehr.

Aus dem 70sten Stock schaut man tief in
die Straßen der großen Stadt.
Wenn es noch Wildgänse gäbe, sie flögen
dicht am Fenster vorrüber.
Es gibt keine Wildgänse mehr.
Es gibt nur noch Eichhörnchen.
Die lauschen.
An Türen.
Die schreiben Briefe.

Und schieben sie unter Türen durch.
Es gibt keinen Ausweg mehr.
Und kein Entkommen.
Bis hier oben reichen die Feuerleitern nicht.
Wenn das Sprechen aufhört.
Wenn es je begonnen hätte …
Waren denn keine gemeinsamen Interessen vorhanden?
Sie wissen doch …
Es ist schwierig.
Ja.
Und Erinnerungen?
Wenn man anfängt in Erinnerungen zu leben … Sie dürfen den Satz gerne ergänzen.
Ich weigere mich.
Ihnen liegen die Worte auf der Zunge.
Ist denn nicht immer eine Spur von Gegenwart enthalten?
Sie suchen einen Ausweg. Immer noch.
Wenn ich an die fehlende Feuerleiter erinnern dürfte …
So gibt es kein Entrinnen?
Woraus? Und wohin? Überlegen sie doch mal.

Alle Wunder zu offenbaren. Blühende
Wiesen zu malen. Das offene Meer.
Sie könnten genausogut eine Haarbürste
aus dem Fenster werfen.
Und mich hinterher?
Sie kommen der Sache nahe.
Dem Verlauf.
Wie es geschieht.
Doch warum?
Es ist eine Kopfsache.
Das ist mir zu wenig.
Sie können auch das Herz noch
hinzunehmen. Ein Zuviel oder Zuwenig an
dieser oder jener Stelle.
Es ist ausweglos.
Sie werden mich weder auf ein Ja noch ein
Nein festnageln können.
Es ist alles bloßgelegt.
Alles.
Es gibt kein Sehen mehr und kein
Schauen.
Nicht einmal eine Tiefenschau mit
Korallen.
Doch gibt es dieses Letzte.
Eine besondere Gnade.

Des Guten Gottes.
Anmaßung.
Wovon noch zu reden sein wird.
(Schweigen)

Dass sie gestorben ist, sie allein.
Es ist nicht wahr.
Sein Leben ist vorüber.

Sie (1958)

Kann es gehen, dass eine ...
In diesem Fall.
Jeder Fall liegt anders. Das weiß man doch.
Also in diesem Fall ist Sie es.
Die sich auftut. Aufsperrt. Entsperrt. Besser gesagt.
Sie stöpselt sich aber wieder zu.
Es war zu erwarten.
Ein einseitiges Entsperren.
Zieht ein Einstöpseln mit sich. Sozusagen.
Weil Sie angelangt ist.
Bei wem? Ihm? Sich?
In sich. Auf der Basis. Die sie nicht versteht.
Sie will hoch. Höher. Noch höher.
Wäre sie einfach stehengeblieben.
Er weiß nichts. Er will nicht wissen. Er will stehenbleiben.
Wozu. Wenn beide sich fremd bleiben.
Wenn einer die Grenze erreicht. Ist er durch. Er muss es nur bemerken.
Da gibt es keine Hoffnung. Die verbietet sich. Die ist überflüssig.
Es wissen beide nichts.

Nur Sie noch weniger. Sie weiß nichts. Von sich. Sonst hätte sie sich bemerkt.
Er hatte Glück mit sich. Er hat sich Zeit genommen. Die Auszeit.
Sie nicht. Sie hat sich verspielt. Sich nachgegeben.
Dann wäre es so oder so hinuntergegangen. Weil es immer nur zur Basis gehen kann.
Alles andere sind Ausflüge. Mal hierhin. Mal dahin. Aber die Rückkehr muss sein.
Ab Basis können die Flüge lang sein. Zur höchsten Höhe meinetwegen.
Aber unterwegs von Höhe zur höchsten Höhe, ist der Flug immer kürzer.
Das Erlebnis kleiner. Nicht umfassend genug. Verstehst du?
Guter Gott. In weiser Voraussicht.
Sozusagen.
Ohne Schuld.
Wer weiß.
Schweigen,
das sich nie mitteilt.
Weil es sich nicht weiß.

Sie (November 1958)

Paris. Küsse im Park

Was soll ich sagen? Ich bin Undine. Ich bin aus dem Wasser gestiegen. Noch einmal. Ein Unbedingt sein. Mich spüren können.
Ihn?
Es ist wie Mahlers Vierte. Ein tänzerischer Auftakt. Ein Umeinanderschreiten. Ein Aufschwung in neue Dimensionen einer neuen Gegenwart.
Er.
Der so ganz anders ist.
Dies führt mich notwendigerweise zu einem Warum und Weswegen.
Weil er um so vieles älter ist.
Weil er um so vieles erfahrener ist.
Sein Ernst. Eine gewisse Sprödigkeit im Umgang, im Kennenlernen.
Leben sie mit einem Kind?
So fragte er. Umständlich. Altmodisch zurückgenommen.
Ich frage ihn nicht, ob Julika erlöst werden wolle, oder ob nicht vielmehr Stiller ihr Erlöser sein möchte.

Vielleicht ärgert ihn das.
Und wenn, dann erhöht es die Spannung, das Knistern. In Paris. An einem regnerischen Novembertag (welcher Novembertag ist das nicht).
Es ist auch einer jener Tage, die man zusammenknautschen und in die Handtasche stecken möchte. Und sei es auch nur als Erinnerung daran, dass auch ein regnerischer Novembertag alles möglich werden lässt. In Paris.
Ich habe ihn beim Schopf gepackt, unmissverständlich, eigentlich. Er weiß es nur noch nicht. Der Ahnungslose.
Das Einhorn bin ich.
Nun wollen wir doch mal sehen, ob ich nicht durch den Matsch waten kann.
In Paris.

Er (1958)

I

Wie Gitterstäbe
wie das Geländer einer Brücke
die zum Bahnhof führt
Bahngleise voller Menschen
die warten auf ihre Züge

die gehen dahin
und dort hinaus
den einen
werden sie Zukunftsweisend
andere kehren
in die Vergangenheit zurück

manche bleiben stehen
auf toten Gleisen
abgestorbene Baumriesen

einst schattende Gewächse
in Pracht und Blüte
wonnerauschend

ich wüsste ein ganzes Bahngleis
voller Menschen begreifen
den einen
begriffe ich nie

wie Tollkirschen
vom Ast gepflückt
verlockende Beeren
vergnüg ich mich
bis der Mund mir
trocken
hört keiner
mein Stammeln
mehr

ringel ich mich zusammen
ein Wurm
hör bis zuletzt
deine Stimme
Jakob
ringe

nicht um meinethalben
augentief eingesunken
bin ich mir
auf die Brücke
sieh
geh ich nun

dort beginnt es

II

Ein Brackwasser von Flüssen
Vermodertes
Sumpfbereites

ich habe die Flucht angetreten
auf Uferwegen gehe ich
im Schlingpflanzendschungel

Froschlaich und Silberzunge
Gnadenerweise
umgürten mich

III

Himmel
ans Meer
und wenn es
kollabierte

dort wölbt
ein Schattenbauch
auf
der frisst
begierig

Sie (1959)

Eine Schneise durch die Wirklichkeit
die Komplizenschaft mit ihr
den Geruch der alten Luft vergessen
die Stadt untertriebener Brücken
versinkt im Aquarium
der Blick muss ihr Taumeln begradigen

ohne Überlegung gradeaus
mit dem Tageslicht kämpfend
dass die Vorstellungskraft leuchtender ist
die Verwandlung schwer zu begreifen
aber wenn es doch sein muss
das Lichtermeer ist so verführerisch

   ein SteinGesicht
   verschwimmt im Meer
   ich stelle mir die Augen fest
   dass ich es nicht verliere
   bis die Konturen keine mehr
   die Augen sind auf einmal leer
   und nirgendwo Scharniere

die verzogene Kartografie
verreisender Gefühle
als hätten sich Bilder nie ausgemalt
ein ausgetretener Pfad
die Sonne als Zeiger der Sonnenuhr
liegt noch im Nebelschleier des Morgens

Er (1959)

Mutter
an wen sonst
soll ich mich wenden
es will nicht enden
dieses NichtVerstehen
in Mördersprache hast
du Gott gepriesen
kann das gehen?
Sag
Mutter
da wo sie dich mordeten
welche Namen
trugen dort
die Blumen?

Du, Mutter, hast Wolfsbohne zur Lupine
gesagt.
Ich hab es nicht vergessen.

Auch eine Blume.
Dass sie dir wehtun kann.
Wenn sie dir spricht.

Dass sie so wehtun kann. Die Sprache.

Sie haben meine Gedichte verrissen.
Werfen mir meine Herkunft vor.
Nennen mich wirklichkeitsfremd.
Weil sie nichts verstehen.
Niemand.
Denkt.
Mördersprache.
Deutsche Sprache.
Ich auch.

Sie (1959)

Wissen sollst du es.
Dass du mehr als alles mir bist.
Doch ist dieses 'alles' kein Wort, gibt
keinen Begriff, der sich verwenden ließe,
da ich von Gefühlen spreche.
Von der Liebe spreche ich.
Mehr und darüber hinaus.
So sehr, dass mein Denken ein
beständiges Du vor dir ist.
Du ... hast du gehört?
Du ... meinst du nicht auch?
Du ... sag doch mal was ...
Sprich zu mir, ich bitte dich.
Hör mir wenigstens zu.
Auch wenn ich nur wieder ausweichende
Worte finde, verletzende auch.
Ich schreibe es hin.
Ich lese.
Ich traue meinen Worten nicht.
Warum?
Weil ich doch eine Welt zu umschreiten
hätte mit dir. An deiner Seite. Du an
meiner. Wir.
Dieses alles Entscheidende.

Und ich vertümmele es in Worten.
Hülle es in Gazeschleier.
Hülle mich darin ein.
Verhülle mich ganz darin bis ich mich nicht mehr wiederfinde.
Taste nach neuen Worten, verhüllten.
Finde nicht dich, mich.
Rette mich, dich.
Sage es dir, hier.

Über alle Grenzen
folge ich

in jedem Geäst
sehe ich

ist ein Stern
hat noch Licht

nichts
nichts
ist verloren

Er (1959)

Mein Sohn
ich hab dir mitgegeben
was unsre Väter uns vererbt
hab es in dich hineingelegt
was auch in mir gedeihen konnte

vergiss es nie
zu achten
und lass es
weiter wachsen

ich werde dafür sorgen
dass es auch übermorgen noch
in allen Köpfen bleibt

verzeih
wenn ich dir manchmal schwierig bin

ich werd dir zeigen
was es heisst zu lachen
wenn tief im Innern
dir nach weinen ist

so wie dem Clown
den ich dir doch beschrieb

hab ich dir je gesagt
ich hab dich lieb?

Sie (1959)

Das dreißigste Jahr I

Wenn ich die Augen öffne, an einem Tag, an einem Morgen, und sehe einen Sonnenstrahl hinter den Gardinen, im Faltenwurf sich verstrickend, beginne ich nach Auswegen zu suchen. Es geschieht unmittelbar und ohne zu erwachen. Seit meinem dreißigsten Jahre erwache ich nicht mehr. Nach Auswegen suche ich.
Es wäre falsch, von einem Zugrundegehen zu sprechen. In der Liebe geht man zugrunde, mit den Jahren geht man zu Tal. Es mag geschehen wie in einer Gerölllawine.
Ich habe eine Falle aufgestellt. Ich bin mir in die Falle gegangen.
Ich schreibe das so hin, ohne zu begreifen, was es eigentlich bedeutet, bedeuten soll, für mich ...
Es begreift sich doch jeder anders, hat seinen Weg zurückgelegt, denkt sich einem neuen Morgenrot entgegen nach langer, zäh durchlebter Nacht.

L'Espérance. Ein zartes Pflänzchen.
Schwarze Kreuze im Hintergrund. Eine
Ruine. Doch keine Auferstehung. Kein
Neubeginn. Das Pflänzchen wird keinen
Boden finden. Es wächst nichts an. Es folgt
das Dämmerdunkel einer neuen Nacht.
Und so wird es weitergehen. Bis wohin?
Vielleicht sollte ich mich erhängen wie der
Maler Volpedo. Doch habe ich kein Bild
gemalt, vor dem ich mich inszenieren
könnte.
Und einer Inszenierung bedarf es in einem
solchen Fall.
Nein, so weit ist es noch nicht gekommen.
Ich möchte noch etwas erleben. Was?
Dem Herrn Moll begegnen?
Der Herr Moll kann mich mal gerne haben.
Ich habe ihn erfunden, ich kann ihn auch
in die Mülltonne stecken. Und in Rom ...
werde ich ihn vermodern lassen.
Es sind die Nebengassen, die mich zum
Leben erwecken. Zurückerwecken.
Die Nebengassen der Nebengassen.
Ich werde mir einen Gesang erträumen.
Eine Canzonetta. Eine fröhliche Melodie.

Zimbeln sollen geschlagen werden,
Kastagnetten.
Das Lied beginnt hier.
Hier an dieser Stelle.
Zu dieser Zeit.
An einem Nachmittag, den ich
vielversprechend nenne.
(glückverheißend wäre ein zu großes
Wort)
Auf der anderen Seite des Flusses.
Wo die Wellen ans Ufer schwappen.
Ich werde daran zurückdenken.
Wenn mir die Toten aus den Gräbern
winken.
Törin, die ich bin.

Er (1959)

Ich lebe noch. Helfen Sie mir beten. So
sprach Lenz. Dann ging er ins Gebirge
hinaus.
Wie Lenz ins Gebirge gingen der große
und der kleine Jud, weil Rapunzel ihr Haar
raushing, und die türkischen Janitscharen
hinter ihnen waren, das hat noch keinen
um den Verstand gebracht, das nicht.
Und der Stock spricht zum Stein und zu
den Fliesen und zum toten Gebein das da
war ein Mensch gewesen ist nicht mehr
erwacht ist verbrannt noch vor der Nacht.
Menschen Menschen Menschengebein
Bein über Bein.
Schweigen wir Sprache sprechen wir
Schweigen brechen wir Kiefernzweige
brechen wir Kiefer entzwei.

Ja. Es ist einiges geschehen.

hör st du
nie mand
hör t zu
da war ein Land

das lässt uns
verst ummen
laut werden
laute r
und laut
nie geliebt e
du
und du

So gingen der kleine Jud und der große Jud ins Gebirge. Einen Stein zu suchen. Einen Stein zu brechen für ihr Grab.

Ja. Es wird noch mehr geschehen.

hör st du
hör st du
mir zu

Ich höre mich. Ich höre mir zu.
Da ist ein Schweigen in mir. Auf das lausche ich.
Da ist ein Sprechenwollen. Und es muss.
Es muss gesprochen werden.
Es darf kein Verstummen geben.
Ich muss sprechen. Sprechen muss ich.

Er (1960)

Ich möchte lästern, bis zum letzten Tag,
lästern können,
wenn der letzte Psalm gesungen wurde.
Dann.
Und gerade dann -
bin ich noch da
werde ich sein
ein letzter Atemzweig

der soll Blätter Blüten treiben

Ein reinentsprungenes Nichts.
Etwas, das aus einem Nichts heraus
entsteht,
oder doch beinahe.
Ein Atemzug -
wenn es der Letzte ist
ist er heilig
vor dem Gott
den es nicht gibt

Ein Gott, der zürnen kann.
Der zürnen muss.
Weil er sich keinen Ausweg sieht

in seiner erbärmlichen Ichgefälligkeit.
Sein Spruch -
betet mich an
der ich alles will
und nichts weiß
und niemals verstehe

Und auch nicht verstehen lerne.
Der ich nicht wachse an meinen
Geschöpfen.
Die ich nicht begreife.
Ich greife -
ins Leere
ich Gott
der ich leer bin
eine Idee
ausgereizt
am Himmel
bei Tage
und in der Nacht
tropfen die Sterne
zerschmelzen
wie Wachs

Ausgegrenzt. Außerhalb.
Wüsste ich nicht zu weinen.

Es fließen die Tränen einen Abhang hinab.
Der duftet nach Küchenschelle.
Zur Taubheit überredete Hände
Blindheit überantwortete Augen
Hummeln umsummen mich
zottig behaart

Ich spreche zu niemandem sonst.
Außer mir. Außerhalb meines Planeten.

Sie (1961)

in Gedanken an Gisèle Celan-Lestrange

Das Leben
wie fremd es mir
zur Seite steht
ich möchte nicht
an ihrer Stelle sein
muss sie für ihre Größe
so bewundern
denn manchmal
fühle ich mich klein
möchte so sehr
mit ihren Augen
sehen
verstehen
mit einem Blick
vielleicht
durch Edelsteine
fallend
gegen Erinnerung
die ihre Strahlen schickt
gespickt
mit dir
mit dir

weicht alles auf
der Ring aus allen Schwüren
verflacht sich
wie preziös er war
und hie und da
schmückst du mir Silber
um den Hals
um einen meiner Finger
wie ein Theaterstück
das sich das Glück
so schamlos nimmt
und ich dich
trotzdem liebe
und sie
sie liebt dich auch

Er (1961)

Wem gehört ein Wort, wenn nicht dem,
der es gebraucht.
Das Wort gehört allen.
Uns allen gehört die Sprache.
Sie ist niemandes Besitz.
Doch nun wollen einige Besitzer sein.
Wem gehört die Milch?
Ob sie nun dunkel ist oder blau.
Ob sie früh kommt oder spät.
Sie will getrunken sein.
In einem Grab in den Wolken.
In einem Grab in den Lüften.
Auch diesen wollen nun Besitzer werden.
Oh, ihr besitzergreifenden Dichter alle.
Ihr von kleinwüchsigem Geist.
Die ihr ohne Namen inmitten eurer
Grenzen bleibt.
Verschanzt hinter Stacheldrahtverhauen.
Dort wollt ihr die Sprache besitzen.
Das Wort.
Das Wort aber ist nicht von euch.

Wer hat zum ersten Mal das Wort 'Gott' gesprochen?
Wem habe ich es gestohlen?

Sie (1961)

Das dreißigste Jahr II

Es ist ein Irrtum, dass jeder gekränkt wird
vor dem Tod des anderen.
Es ist ein Irrtum, dass allein der Tod die
Rettung ist vor all den Kränkungen.
Die Menschen vergehen sich an dir - nicht.
Du hast dich an den Menschen vergangen.
Du hast die Menschen versucht.
Die Menschen sind schwach.
Sie führen ein Doppelleben.

---

du weißt dich so gut
dass du dir glaubst
(nur dann kann man sich glauben)

alles
ist dir geläufig
du kennst dich aus
deine Fehler

machen die anderen

die du meinst
zu durchschauen

weil du dich weißt
glaubst du
das auch

Wer bin ich denn, wenn die Tage jetzt
langsamer werden?
Wieviel Blau verausgabe ich?

Er (1962)

Gott

wie sollt ich dir
mich anvertrauen
mich wahrzunehmen
dich zu bitten
es hat mich nie für dich gegeben

Was ihr einem meiner Brüder tut,
das habt ihr mir getan.

Erinnerst du dich deiner Worte?

Ich lebe, doch wo sind meine Brüder?
Gemeinsam wollten wir sein
doch waren wir immer ein Nichts

Ein Wühlen
tief in mir
stärker
als zuvor

es ist Zeit
auf der anderen Seite
hellsichtig
werden

Sie (1962)

Vor den Tabletten

Nicht klar.
Nicht genug.
Du weißt es.
Nicht.
Verkehrt. Gedacht.
Es spricht.
Aus dir.
Ich bin ein ich.
Die meiste Zeit.
Verloren.
Es bohrt in mir.
Schräg angesetzt der Bohrer.
Dann sind die Qualen länger.
Es drängt.
Ein Rinnsal.
Versandet nebenher.
Es war kein wer.
Zu wertlos.
Um zu überleben.
Andererseits.
Es brechen Dämme.
Stürzen Eingeweide.

Lagern sich nutzlos.
Verschmäht.
Geht nichts zusammen.
Rinnsal läuft.
Nicht.
Über Eingeweide.
Die vertrocknen.
Augen glibbern.
Sieh dich.
Es passt nicht.
In der Mitte.
Zuviel Weg.
An jeder Seite.
Totgelaufenes.
Das Kippen.
Naht.
Bedrohlich.
Bleib. Wo du bist.
Auf Eingeweiden.
Ausrutschen.
Weiter.
Versande du.
Damit nichts übrigbleibt.
Der Weg.
Ist viel zu breit.
Du musst ihn.

Liegenlassen.
Liegenlassen.
Er vergiftet dich.
Abgestoßen.
Fühl mich.
Nicht der Weg.
Ich weiß.
Gerade links.
Ist die Gefahr.
Durch Eingeweide.
Rechts versandet.
Fall zurück.
Niemals.
Die Mitte.
Kipp weiter.
Dich.
Wirf auf die Halde.
Seitlich.
Kein Gleichgewicht.
Verrecke doch.
Endlich aus.
Bleib liegen.
Schwere Schritte.
Auf dir.
Bist nicht mal Mittelmaß.
Dich selbst.

Den Tieren.
Vor die Rachen.
Geschafft.
Und links.
Voller Eingeweide.
Kein Ekel.
Das Glibbern.
Lädt ein.
Von hinten brennt sich.
Feuer.
Trocknet.
Verbrennt.
Nicht in die Mitte.
Zu breit.
Zu spät.
Zu spät.
Übergesprungen.
Vernichtungsgefahr.
Alles.
Wozu.
Ein Muss.
Alternativlos.
Kein Ausweich.
Befreiung.
Endlich.

Befreiung.
Der Weg.
Geh.

Sie (1962)

Undine geht

Es sei verkündet, unausweichlich. Eine Wiederkehr ausgeschlossen.
Ich arbeite und arbeite, ich quäle mich daran und schreibe und streiche, es bereitet mir Magenkrämpfe, ich schreibe, ich rauche, ich habe angefangen zu husten bei den Zigaretten, ich kann es nicht lassen. Es quält. Sie quälen mich. Die mit den dreckigen Manschetten, den glanzlos augenstumpfen Manschettenknöpfen. Die sind wie sie selber sind. Ausgelaugt, mit leeren Blicken. Stellen sich in die Küche mit immer der gleichen Frage, was es heute zu essen gibt. Und immer wenden sie sich ab mit immer den gleichen Enttäuschungsaugen. Mit denen tasten sie mich ab. Dort bereits. In ihrer Küche. Die wollen sich ihre Abwechslung holen. Sie machen sich nicht einmal die Mühe nach anderen Ausdrücken zu suchen. Sie sagen es grob. Es ist, wie es ist, sagen sie, und

fühlen sich als Vertreter der Wahrheit, des Augenblicks, der alleine ihnen wichtig ist.
Sie waren es gewohnt von Sieg zu Sieg zu eilen. Dann sind sie vor ihrer eigenen Feigheit geflohen. Vor der fliehen sie noch. Und eilen von Sieg zu Sieg.
Die Geschichte hat ihnen eine Gnade erwiesen, sie wissen das, und verweisen auf ihre Tüchtigkeit. Sie haben sich ihre eigene Geschichte geschrieben, erzählen ihre Lügengeschichten und saufen sich zur Bewusstlosigkeit.
Sie haben sich das Hakenkreuz vom Ritterkreuz gekratzt und haben es in sich reingefressen. Aufbauvormarsch.
Wenn sie ausreichend getrunken hatten, kamen sie zu mir. Geredet haben sie nicht mehr. Ihr Mund blieb verschlossen. Ich strich ihnen übers Haar und tröstete sie.
Damit ist jetzt Schluss. Ich gehe.
Ich kehre ihnen den Rücken, die um Liebe brüllen, wie die Milchkühe danach brüllen gemolken zu werden.
Sie widern mich an, die nach Vereinigung rufen, und doch nur ihr trauriges Bedürfnis

kennen. Das ihnen wie ein Kainsmal eingebrannt ist und bleiben wird.
Ich gehe.
Doch wohin, da dies alles gewusst und gesagt ist, wohin?
Das Märchenland unter den Wogen, den Wellen, gibt es nicht mehr, die verträumte Aussicht von den Ufern, dem plätschernden Brunnenrand, ist verstellt. Dort stehen nun eure Fabriken und speien Gift in die Flüsse.
Ich bin eine Ausgestoßene, wo immer ich fortan sein werde. Es wird kein Bleiben mehr für mich geben. Zugig dunkle, ungemütliche Zimmer, die ich verräuchern werde mit dem Qualm endlosen Zigarettenrauchens werden einander ablösen ohne Ende. So dämmere ich dahin.

Er (1963)

Sie leiden zu sehen, es schmerzt.
Dieser Akrobat, dieser der staubtrockenen
Buchstaben.
Ich spüre ihn aufstieben, den Staub.
Dieser Staub, der sich in jede Hautpore
legt.
Er verödet sie. Der die Luft zum Atmen
nimmt.
Er ist der Tod.
Mit schwerblütigem Akzent.
Ein Pfeifenraucher.
Die Spezies, vor der ich mich am meisten
fürchte.
Nebst den Deutschen und den Juden.

Ich verstehe etwas davon.
Weil ich zumindest von Letzteren beides
bin.

Auch ich habe ihr nicht gut getan.
Und, aber ...

Kein - aber -

Kein Ausweichen mehr.

Nun
da es erloschen

es ist Asche
in ihr
und in mir

die Asche
fällt auf mein Haupt

Es geht in die Nacht.
Es ist ein grobverwobner Faden hier
verknotet.
Über den stolperst du.
Abtrünniger.
Fehlvergangener, du.
Stolperst und fällst.
Tief.

Ein fiktiver Dialog (1963)

Eisrot türmen die Wälle des Unheils
ersterben der Wälder Flammennot

oh Gott, mein
und versinkt
der Erde
Keim

auf ewig verloren
untergepflügt, tief
eingegraben
unerreichbar denen

die da kommen werden
denn es werden Generationen
denen der Tod des unheiligen Fleisches
eine Legende sein wird

solche zerfließen
es knickt der Zweige
Herrlichkeit
denen
die da Zweifel hegen

so schreiben wir
Wir
als die postalischen Boten

denen
die grundlos
am Grund

am Abgrund der Gestade
türmen die Wogen
uferfertig
wälzt sich die Flut
heben die Kormorane
ihre Köpfe

es fehlen sieben Apostel
zur Auferstehung

Sie (1964)

Ich bin auf der Seite von Hans zu finden.
Das hab ich gesagt. Als man mich fragte,
wie es gemeint sei. Das mit Undine.
Und in ihre verdutzten Gesichter gesehen.
Und mich dargestellt. Hab ich. Dass sie
mich raten können.
Wenn sie es vermögen.
Sie behaupten mich zu wissen.
Die Männer.
Ich war immer eine Darstellerin.
Früher hab ich sie becirct.
Und mich innerlich lustig über sie
gemacht.
Erst ja nicht so. Aber später.
Als ich den Durchblick hatte.
Als ich es leid war, der Wohlfühlmacher
für sie zu sein.
Der Mutterersatz.
Die ganzen stehengebliebenen kleinen
Buben.
Ich wollte sie und wieder nicht.
Sie gebraucht. Sie verstossen.
Wie sie mich. Beides.
Ich leide an ihnen.

Hans. Alle sind Hans.
Auch die, von denen ich dachte, sie seien es nicht.
Und nun denken sie an eine Nixe mit Namen Undine.
Dabei ist es die Kunst.
Und meinetwegen sollen sie sie ins Wasser stürzen.
Wenn sie nicht sehen, dass sie längst darin liegt.
Weil sie freiwillig geht, wenn sie will. Wie ich.
Wie ich euch verachte, weil ihr mich missbraucht.

Sie (1964)

Es hat mir die Sprache erstickt und den Mund geöffnet. Worte wollen hervor. Es gurgelt in mir wie in einem Geysir vor der Eruption.
Ich werde keine Gedichte mehr schreiben. Das ist nun vorbei. Endgültig.
Kataplasma.
Was deine Haut braucht, sollst du ihr geben.
Wenn die Gespensterdroschken zum Zentralfriedhof ziehen.
Weil doch Auferstehung gefeiert wird. Und Absolution.
Es werden alle freigesprochen. Endgültig.
Auch die aus der Kapuzinergruft.
Stamina.
Ich weiß es nicht.
Ich weiß es nicht, ob auf Dauer. Ob die Kraft noch reicht.
Ich hätte es so gerne.
Ich könnte Todesarten ausprobieren. Eine nach der anderen.

Ich könnte mich auf eine Zeitsuche
begeben. Als eine Frau, die ist.
Unbestimmt.
Ich werde.
Ich werde mich einem der Züge zum
Zentralfriedhof anschließen.
Ich werde eine der Kapellen besuchen.
Eine der vielen.
Ich werde schauen.
Wenn man nach Wien kommt, muss man
schauen.
Was ist. Was geht.

Er (1965)

Mich
den ich bitten muss
immer wieder den
der sich
ausmacht
damals
wie heute
gefangen gekerkert
ein Käuzchen
ruft sich
mich
näher
zu denken
mein ständiges Sehen
durch mich hindurch

Sie (1965)

Wüsste ich es anders, wüsste ich es nicht
besser, nur anders.
Was klang doch der Mond so schön, wenn
du ihn sprachst.
Ich weiß es noch.

Bitterkeit in Moll. Immer unrastsam. Immer
auf der Suche.
Ich habe nichts gefunden. Ich habe nicht
einmal einen Grund finden können, warum
ich mich auf die Suche begab.
Ich frage mich nun, ob es nicht die Stadt
gewesen sein könnte, von Anfang an.
Denn diese, immerhin, wusste ich zu
beschreiben.
Ich habe ihr gegeben, was ihr zukommt,
dieser Stadt.
Sie wird sich an meinen schlimmen
Worten nicht stören.
Es verbarg sich keine schlechte Absicht
dahinter.
Ich habe geschildert, was mir erhalten
geblieben war.

Die Stadt wird es wissen. Sie wird nicht einmal Rachegedanken hegen mir gegenüber.
Sie wetzt sich meine Worte ab wie eine Schicht Krätze. Darin weiß sie sich zu behaupten.

Ach, du -
wenn diese Stadt nicht du wärest
wohlwissend
ja, wohlwissend
denn es geschieht nicht ohne Bedacht und Vorbestimmung in unserem Leben
wenn Traum zu Wirklichkeit wird
und Wirklichkeit schmeichelt sich in unsere Träume
es braucht nur eine bestimmte Zeit dazu
und einen besonderen Ort
und der vergeht nicht
nein
und auch die Zeit

Ach, du -
wie gleiche ich dir nun in der Diaspora
Hauslos
sind wir geworden

den Kopf haben wir uns verdreht
und verdrehen lassen
und noch einmal umgekrempelt

Ach, du -
ich schreibe dies alles
doch du wirst nichts davon erfahren
du sollst auch nicht
nie
was ist mir der Kopf doch so schwer
und elend
wir finden nie mehr zurück
nie

Mich hat es nach Berlin verschlagen.
Wieder und erneut eine Stadt ohne
Anteilnahme.
Ich wandere viel im Grunewald.
Der ist groß und leer.
Manchmal zieht es mich an die Ufer.
Dann seh ich es blau zwischen den Kiefern
blitzen - das ist die Havel.
Dann blitzt es weiß - das ist der Sand.
Das Ufer, es ist eine große Erleichterung
für mich.
Wenn doch diese eine Stelle nicht wäre.

Denn diese eine Stelle werde ich um
keinen Preis besuchen gehen.
Es war mir der Turm von Tübingen schon
schrecklich genug.

Ach, du -
warum müssen wir so einsam sein?

Ich möchte nach Rom.
Ach! Ich möchte wieder nach Italien!

Er (1966)

Es liegt eine weite Ebene ausgebreitet.
Bedeckt mit dicken Wollgrasbüscheln,
weitgesteckten Zielen.
Dichte Beschreibung angestrebt.
Kammlinien, füglich verschwommen,
Gräben, unsichtbar, fußbrecherisch.
Ein Ganzes.
Eine Wegbereitung.
AtemStoß.
AtemWende.
Du holst tief Luft.
Und wenn du deinen Atem ausströmen
lässt, spürst du ein Beben in der Luft, ein
Flackern, ein Riss tut sich auf, ein Gesicht
erscheint, du kennst es nicht.
Und du weißt nicht zu sagen, ist es ein
Verkünder, eine Verkünderin.
Es geschieht in einem kleinen
Augengezwinker.
Das dich stehenbleiben heißt.
Weil da etwas mit dir geschieht.
Du hast Zuwendung erfahren.
Und nun mach, nun fang etwas damit an.

So sprichst du zu dir.
So spreche ich zu mir.

Etwas finden, in dem sich ausschreiten
lässt, mit raumgreifenden Schritten.
Eine Welterfahrung machen. Nichts
weniger als das.
Ein Hochgefühl erreichen.
Innehalten. Stolz verspüren.
Da ist eine Arbeit, die gelingt.
Die mir nicht zwischen den Fingern
zerrinnt.
Das fließt. Das gleitet dahin,
schwermutsunbenommen.
Schwermut unterbrochen.
Die Zeit -- Himmel- und Erde.

Sie (Baden-Baden, Februar 1967)

Ich habe mich verausgabt.
Es geschah.
Es geschieht.
Es dauert an.
Der triste, schwarze Wald ummantelt mich.
Er greift nach mir, greift mich an, zerrt
mich in seine Arme.
Er bemächtigt sich meiner.
Wie er sich Dostojewskijs Spieler
bemächtigt haben mag.
Ein Rausch, der mit einem Rauschen in den
Ohren beginnt.
Bei mir ist es das Schreiben.
Ein Wort.
Gekreuzigt.
Eine Weintraube, eine einzige, einzelne,
vergessen am Rebenstamm, erfroren.
Ein eisiger Wind, der von Norden in die
Ebene dringt.
Die Tage wachsen sich zu Monstren an
und vergehen als schüchterne Mäuse.
Ich bin krank.
Ich kranke daran.
Ich kranke an den Maschinengeräuschen.

Wenn ich ein A tippe und ein O.
Der Wagenrücklauf martert mich.
Und doch und doch
ich muss schreiben
es dringt aus mir heraus
es drängt mich voran
ein Wort
Worte
zwischen denen ich ohne Begriffe
umherirre
mein Körper erstarrt
der Mond ist tot
es steigt zu Kopf
der Wahn
und ich muss schreiben

Komm zu mir.
Lass uns gehen.
Ich möchte uns wiederfinden in der Nacht.

Sie (1967)

Eine Art Verlust

Schält sich meine Stimme aus
Alltäglichkeiten.
Unbetont.
Keine Jagd gemacht. Es fiel mir zu.
Nur etwas geholfen. Nachgeholfen. Aber
nur unfertig. Es stört mich in der
Betrachtung nicht mehr.
Eine Brücke ohne Geländer.
Ich habe getan was ich konnte. Eine
Verbindung zu allem was mir möglich war.
Geschaffen.
Gespielt. Manchmal dabei. Regeln
beachtet.
Meine Eigenen zumeist.
Bis ich mich verloren hatte.
Ohne Welt
war ich zu allein.
Darum.
Auch mich.

Er (Juli 1967)

Warum Heidegger?
Warum ist in Deutschland der
Antisemitismus so groß, dass ihm jede
Ideologie recht kommt?
Ist es eine Wiener Krankheit, oder ist es
eine Berliner Krankheit?
Ein allgemeiner Zustand.
Sind alle Lueger Kinder.
Ein Karzinom am Hirn.
Ich frage ihn.
Ich hinterfrage ihn und mich.

Todt nauberg
wer schrieb vor mir in dieses Buch?
wer verbirgt sich darin?

Ich hätte blättern sollen
bin zu höflich gewesen

Krudes hernach
Krause Minze

Eine Moorwanderung ohne Moorsoldaten
verleugnet

Hoffnung auf ein kommendes Wort
was bin ich bräsig gewesen

viel Feuchtes
Blut
das untergemischt wurde

wer die Welt als Nichts betrachtet
verachtet den Menschen

der spielt mit Panzern

(Er, Berlin, Dezember 1967)

Ich habe mich in die Hölle verlaufen
am Halensee gibt es ein Ufer

die Hölle ist eine hohle Eiche
es steckt eine Botschaft darin
wenn ich danach greife
schließt sich der Baum

um m ich
meine Schulter
ein Astbruch
ich
bin ein Gefangener des Absurden

es gibt Bratäpfel
auf der Wiese
ein Schneemann vergeht
der sehnt sich
nach seinen heimatlichen
Wäldern

Ich muss es kurz machen
ich muss es kürzen
dass jeder versteht

dass keiner versteht
dass es ist
is st

es frisst wie
die Ewigkeit
fristet
ihr Elend
frisst

Herzdunkel

Er (1968)

Es geht um den
nicht zu beschreibenden Rest
den höchsten Grad der Erkenntnis
wenn das Hellste erreicht ist

das mir verwehrt bleiben wird

Sie
die mir so vieles war
stärker wohl als ich
ein Immer
ich
der ich bedürftig blieb
ein Leben lang
ein Suchender

Was fang ich an
mit
einem Leben
wo zwei nicht ausreichen
weil ich nicht weiß
mich zu leben
die Hoffnung
auf ein drittes Mal

Unsterblichkeit
wie höhnisch
sie mir
manchmal scheint

Sie (1968)

via Bocca di Leone

Ob es nicht vielmehr das Löwenkopfpflaster ist, wonach sie benannt wurde, es wäre genauso gut und ebenso passend wie die eigentliche Geschichte.
Nicht zuletzt des Pflasters wegen liebe ich das Sträßchen.
Ich liebe die Pasticceria an der Ecke.
Ich kehre gerne dort ein.
Einen Latte trinke ich.
Mandorlini esse ich dazu, und die süßen Hefeteigröllchen.
Ich lasse mich gleiten, ich strecke die Füße aus.
Ich trinke nicht nur den Latte, ich trinke mich ein in die Sprache der Straße.
Dann ist Ruhe in mir, und Genügsamkeit.
Wenn sie doch bleiben wollte.
Was ist es doch nur, das mich drängt und treibt.
Das auf mir sitzt. Das mich drückt wie ein Alp.

Dann geschieht es, dass mir eine Eisblume
sitzt im Haar, zum geblümten Kleid.
Eine Topographie des unausdenklichen
Schmerzes.
Der zwischen hier und Golgatha wie eine
Dornenhecke wuchert.

Er (Paris, Mai 1968)

Wir sind viele
und einsam
untergehakt
auf den Straßen
auf den Barrikaden
Sprache überschlägt sich

Herzkrümmung

Er (1968)

Wenn es dir den Atem verschlägt. Dass
man umkehren kann. Dass es sein muss.
Dichtung kann das, sagst du. Eine
Atemwende sein.

Dein spätes Gesicht
ist eins
das dich deutlich macht
Doch wer
kann deine Deutlichkeit
ertragen
Mit wem willst du sie teilen
wenn nicht mit ihr
die deine Nähe sucht
obwohl sie dich verließ

wenn etwas da ist
das Gedanken
nie zerdachten

wie eine Sprache finden
die neues Sprechen kennt

nachdem das alte
fast verstummt
zerfiel

verneint
sich
die Wirklichkeit
ichten
vernichten
zur Rettung
ward Licht

Sie (1969)

Ihren glücklichen Augen könnte ein
anderes Sehen ein normales Sehen sein.
Doch wer möchte das schon, wo doch von
einem Geschenk zu reden ist, das dem
Unsichtbaren Einsicht verleiht.
An der Grenze zur Uferlosigkeit wird kein
Schiff Passagiere aufnehmen.
Wie steht es sich auf einer Sandbank,
wenn die Flut kommt?
Wie sieht es sich, verengt sich die Weite?
Verliebt man sich in ein unfertiges
Gebäude, stehen alle Türen offen.
Ein Erlebnisbewusstsein wird sich Zugang
verschaffen.
Eine Skizze erstellt, ein Entwurf, formenden
Blickes.
Dann - rasch - das Skizzenbuch
geschlossen.
Es hat sich ein Bild ergeben.
Da steht es. Da will es zur Tür hinaus.
Jenseits der Tür emaniert es sich als
wildfremden Mann.
Der wartend unter Bäumen geht, die
könnten Planeten sein.

In einer Straße in SoHo, wo es nach
Hähnchen vom Grill duftet.
Ein Irgendwo ohne Schluß und Entfernung.
Ein Spiel, wie es Kinder spielten.
Ein Stuhlbein, das sich auf sie zubewegt.
Dann ist die Welt schwarz geworden.
Mit einem roten Hauch im Gesicht.

Er (Jerusalem, Oktober 1969)

Ich bin nicht
der Zeichen
auf die Haut bindet
der niederkniet
an der Wurzel des Hauses

ich bin der
auf Wanderschaft
der kommt
und geht

Mittagsglut
Esel und Maultiere
schreien zum Erbarmen
die Mauer entlang

Betöre mich nicht
es kommt auch von ungefähr
kein Sinn dem bei

Tor
das versiegelt bleibt

Zaubern müsste man können
ich konnte es einst
ich kann es nicht mehr

Aber zaubere du nur
zaubere Zauberin

Benachtet
Umlichtet
Asipu

geht mir
aus den Augen nicht

Schmerz
wir fahren
aufs Meer hinaus
wo keine Gitterstäbe
fallen

Er (1970)

Gebrochen sein

13 Jahre sind seither vergangen.
Seit jener Nacht in Köln. Am Rhein. Im
Kölner Hafen.
Es sollten keine vergeblichen Jahre sein.
Doch sie waren vergebens, ohne dich.
Das weiß ich nun.

Der ich ein gespaltenes Auge bin.
Die eine Hälfte gehört mir, die andere
Hälfte gehört dir.

So viele Augen, die ich besaß -
der Augen viele
was mit ihnen geschah
habe ich vergessen

Sie werden sich wohl abgenutzt haben im
Laufe der Jahre.
Geblieben ist dieses eine halbe.
Du und ich. Die wir besseres hätten
anfangen sollen mit den Verlorenen.
Um des Verlorenen willen.

Verloren wie die Zeit, die über uns
hingestrichen ist.
Die Zeit, die leichter wog als eine
Daunenfeder. Man spürte sie kaum.
Doch eines Tages begannen die Knochen
zu schmerzen.

In der Brust pochte es fort
noch
und nun

wenn nun das halbe Auge bricht
ist Schweigen
letzter Plan

Er (1970)

Letzte Gedichte

Krokus
eine Form von Licht
ein Wiederbelebungsversuch
eine einfache Stabkerze
wenn sie niederbrennt
geht die Nacht zu Ende

Rebleute
die Flasche Wein
geleert
das Glas
rein
ein halb beschriebenes Blatt
auf dem Küchentisch
ein angebrochenes Päckchen Gitanes
drei abgebrannte Streichhölzer
die neben den Aschenbecher gefallen
waren
das Ticken eines Weckers
der auf dem Regal mit den Kochbüchern
stand

ein Stein
aufgehoben am Strand von Kermorvan

ein Gefäß
um Sand aufzunehmen

Sie (1970)

Ich kann dich nicht genauer denken
wenn du mir unverstanden scheinst
nur fasziniert von dir
leidest du öffentlich
du weißt um meine Schmerzen nicht
verlangst die Anteilnahme
wenn du von Selbstvernichtung sprichst
was weißt du schon
vom Nichts
und wenn dein Ende kommt
wie soll mir sein
so kalt wie du
geb ich dir keine Antwort
will sterben nur in mir
nicht aufgelöst
brutales Ganzes
bleiben
innerlich

Im Hinblick auf den Leser (undatiert)

Wie warst du mir
im kalten Licht
ein Brunnen der zum Himmel schaut
und voller Niederungen ist
vielleicht dann doch
der Leser
und nicht du
der schreibt
Für dich
und meint
nur sich
wie leidend er versinkt
ertrinkt er dennoch nicht
ich wende mich
an den
der lesen will
und dich
und mich
nur nebenbei

Er (1970)

Da war kein Halm mehr. Sich zu klammern.
Sich zu retten.
Es waren viele Wunden, die nicht
ungestört verheilen konnten. Ständig aufs
Neue aufgebohrt.
Narben, deren Gewebe nicht mehr
elastisch sind. Anfangs schmerzen sie.
Verhärten.
Keiner Berührung mehr zugänglich. Auch
keiner liebevollen.
Zwischendurch eine Hoffnung. Zunichte
gemacht.

Von Anfang an meine Bestimmung
gewusst.
Waren mir so viele Umwege gestattet?
Der direkte Weg hätte mir Vieles erspart.
Aber so. Bin ich gegangen. Geduckt.
Wenn ich hochsehe, dann nur, den
nächsten Peitschenhieb zu sehen.

Wann ist die tiefste Tiefe erreicht.
Gibt es ein dunkleres Dunkel?
Ich sollte endlich auf mich hören.

In mich gehen.
Dass ich herausgehen kann aus mir.
In letzter Konsequenz.
Bin ich mir selber treu.

Sie (1970)

Ich hör ihn rufen noch
und wie schrecklich es mir sei
wenn es mein Name war
den ich rufen hörte

Du
der aus der Fremde kam
der die Fremde
mir nahm

Ich ging über das Geäst
hangelte mich über die Zweige
meiner ersten Verse
Unbeholfenheit

Meine Sprache fand ich
in deinen Armen

Die Sprache fand ich wieder
am Morgen danach

ein Geschenk

deine Blumen
leuchtend in meinem Haar

eine Fremde

Du
geh
mein Geliebter

ich versteh dich nun
glaube es

zwischen den Tränen
ruf ich nach dir

Er (zuletzt)

Pont Mirabeau

Und hier muss die Nacht fließen
zerfließen

Ein Tag schlägt zu
verschließt den Tintenhimmel

Wählen!
Wählen
das konnte er noch

comme cette eau courante
l'amour s'en va

dann wird es dunkel
und du versinkst
bis auf den Grund deines Herzens

Stromabwärts
treibt
der aufblühende Morgen
dich

Thiais.
Dort liegt er nun.
Der von Zweifel zernagte.

Sie (1971)

Erfolg.
Es sind diese Seufzer.
Wenn ich die Zeitung aufschlage.
Lese ich meinen Namen?

Den einen Tod gibt es.
Das ist der Tod der Verdammten.
Die erleiden ihn wieder, und wieder ...

In der Stadt der Toten fühlte ich mich gut
aufgehoben.
Ich vermute aber, dass es ein
Missverständnis war.
Eine besondere Art der
Urkundenfälschung.

Darum habe ich Franza in der Luft stehen
lassen.
Und Malina?
Es ist doch nur ein Name.
Und ich.
Ivan.
Und ich

wollte doch nach Wien
wollte zurück
weil Wien doch Heimat ist
nein
doch
nein
Rom
Wien
Rom
in Rom möchte ich sterben

Sie (1972)

Assozial. Verdammt.
Verdammt einsam.
Und verdammt am Leben hängend.
Immer wieder suchend nach dem Du.
Außerhalb der Wände.
Dort schwelt ein Brand.
Und es ist immer meiner.
Meine Herzglut.
Verzweifelt gesucht.
Suche mich.
Manchmal erkenn ich mich nicht mehr.
Ich bin kleiner geworden.
Als ob die Beine geschrumpft wären.
Und wenn ich so weiterschrumpfe, bis zur Bahnsteigkante.
Dass mein Herz dabei verschwindet, davor fürchte ich mich.
Die Heimat ist eine Mitte.
Eine Frau zu sein ist eine Mitte.
Dafür braucht es Mut.
Diesen Platz zu erkennen.
Diesen Platz anzunehmen.
Diesen Platz einzunehmen und zu halten.

Dafür werde ich aufbrechen müssen,
erneut.
Dafür braucht es Kraft.
Und meine Augen sinken.
Es geht eine Gestalt im Abendrot.

Sie (März 1973)

Und ganz zum Schluß
bist du
mein Anfang
der du immer warst
mir dann
vorausgegangen

mein Vater

weißt du
wie ich dich
genannt

ein Herr

der anders
als die andern
mich geliebt
in jeder Lebenslage
hab ich dich nie
in Frage stellen müssen

dich
habe ich
geliebt

(Sie, September 1973)

Eine Gruft sich aufzubauen.
Mit den eigenen Händen.
Ein Lebenswerk.
Die alten Ägypter haben es so gehalten.
Ich schöpfe Hoffnung daraus, dass es auch
mir gelingen könnte.

Herbst
es wird Herbst

Herbst
der ging
Herbst
der kam
Herbst
der blieb

irgendwann
blieb er stehen
rauchte eine Zigarette
bekam einen Hustenanfall

Sieh
es wird Abend nun
doch keine Sterne
wollen sich zeigen
über dem Corso

sie sind alle vergangen
wie sich das Leben
verging an uns

grau werden die Häuser
grauer die Schatten

soll ich
ich soll
lieben
dass die Sterne
wiederkehren

soll ich
ich soll
lieben
das Leben
entfesselt